마음의 그림

마음의 그림

글 서영원
사진 혜성

비움과소통

내
마음을
그리며

나는 시를 쓰며 글 속에 들어가 흥얼거리며 웃기도 울기도 한다. 시는 과거를 기억하며 현재를 바라보고 더 나은 미래를 꿈꾸기 때문이다.

우리는 학습 받은 대로 세계를 본다. 그러나 그것이 아주 객관적인 건지, 누구의 주관에 물든 것인지는 따지기 어렵다. 시를 통하여 세상을 음미하고 세상의 창에 비친 일상들이 글감이 되지만 내 마음을 잡은 무엇이 있어야 좋은 시가 만들어 진다. 결국 시는 내 마음의 그림이다.

흔적 만들기가 인간의 본질적 욕망이나, 시는 새로움을 추구하기 보다는 있는 깊이를 간장 맛처럼 우려내는 것이다.

 글은 풍경과 나와의 거리를 얼마나 줄이느냐에 따라 감흥이 달라진다. 그래서 나는 여행이나 명상을 통하여 얻은 경험을 바탕으로 그 안에 내 마음을 머무르게 한다.

이번 시의 주제를 "삶이란 사람과 자연이 하나 되어 세상 속에서 사랑을 노래하다"로 잡은 것은 자연친화적 삶이야말로 주인과 객이 따로 없고 하나임을 말하려는 것이다.

젊어서 나는 과시하기 위한 이기심에서 글을 썼고 조금 더 나가 아름다움을 추구했다면, 지금은 무엇을 얻기 보다는 눈앞에 아롱거리는 모르는 것을 재미삼아 쓰는 것이다.

결국 글을 씀으로써 스스로를 치유하고 자신과 화해하며 부족한 나를 발견하고자 한다.

아주 늦었으나 내가 쓴 시가 한권의 책으로 만들어지기까지 격려하고 채찍질해 준 모든분께 진심으로 감사드린다.

목 차

4. 하나 되어

5. 세상 속에서

6. 사랑을

7. 노래하다

|1|

삶이란

사람이니까 그럴 수 있겠지

미움의 끈을 놓고 용서와 손 잡으며
화가 떠난 자리 환한 미소 피어날 때
나는 비로소 본래의 나와 만난다

나의 삶

인생이란 시간 속에서
바람처럼 빠르게 살 것인가
산처럼 묵직하게 버틸까는 운명이라 해도

나는 아직 어린가 봐
천천히 가야 해 다짐하고도
무엇에 홀린 것처럼 뛰어오르려만 한다

감정이 이성을 밀쳐버리고
새로운 것 보면 신이나 들썩거리다가도
얼마 못가 시들해 꽁무니 빼고
더 이상 앞으로 나아가지 못해
무엇이든 그럴싸하게 하려면

꾸준히 뉘나게 하고 또 해야
남 앞에 설 수 있는데
노력 없이 공짜로 얻으려니 얄팍하지

그러나 아직 시간은 많아
조바심 버리고 느긋해질 거야
잘하기 보다 좋아하는 걸 찾아
낯섬에 설레는 날 위로하며

발 아래로
시선 돌리려
한다

꿈
꾸는 것

꿈꾸는 자여, 꿈을 이루려면
먼저 눈 귀 코 입 가슴까지
열어 두어라

그리고 간절히 몰입하면
열려 있는 그 문으로
아름다움이 찾아올 것이다

봄이 성큼 다가오듯
너의 옆에는 화사한 젊음이
세련된 섹시함이
편안한 심오함이 꽃필 것이다

정녕 그 꿈이 이루어지거든
함께 한 사람과 어우러져
가장 낮은 목소리로 감사하다고 말하라
정말 아무 것도 못 이룬 것처럼

더욱 겸손하게
나누며
사랑을 가꾸어라

마음의 그림

나를 위하여

아무개씨
자네 정말 고생했네
직장 다니랴, 자식 키우랴
마누라 눈치보고 건사하랴
뭐 하나 쉬운 게 있던가

이제는 이런저런 체면 보지 말고
나를 위해 마음껏 대접하게
그런데 몸이 안 따라주지
허리도 아프고 무릎도 시리고
그래 내가 너무 무심한 탓일세

미안하네, 부려먹기만 해

가끔씩 쉬면서 토닥토닥 안아줘야 하는데
몸이 하는 말 무시한 탓에
무리하고 지칠 때도 되었지

그만 이제부터라도
귀한 시간 아끼며 사세
크고 작은 모든 일 재미있게 만들고
자유로운 마음으로 여행도 하고 맛있는 것도 먹으며
맺힌 것이 있다면 풀어버리세

그동안 세상으로부터 받은 빚
조금씩이나마 갚으며
낮은 자세로 나누며 사세

죽음이 대수인가
불안해 하지 말고

계절이 바뀌며 돌아가듯
떳떳하게 맞을 수 있는 준비를 하세
괜히 걱정한다고 피할 수 없는 거라면
잘 놀다 간다 웃으며 인사하고

조용히
눈 감으면
행복하지 않을까

존재의 의미

금방 왔다 훌쩍 가는 거지만
우리가 한때 살아 있음
무엇으로 증명할까
누렇게 바랜 사진 한 컷
잉크 마른 몇 줄 글에서
체온 느끼긴 아쉽다

쭉 뻗은 신작로 반듯이 가다
조금 가볍게 튕겨져 나와
영화 속 주인공 되고
낯선 추리소설 작가 되어
외도 꿈꾸어본다
일상의 탈출

전혀 다른 새로운 리듬에 춤추고

때론 거꾸로 서 보기도 하지만

결국 우린 제 손아귀 벗어나지 못한 채

길 떠날
연습만 하는
것이다

구도자

몸과 마음 따로 있는 게 아니라 본래 하나인데

말로는 이쪽을 가라 하고 발길 저쪽으로 내닫으니
동쪽으로 먼 길 떠난 달마의 마음 알 것 같다

육신이 아무리 큰들 유한한 생명체일 뿐
형체도 끝도 없는 마음 당할 수 없고

생각과 행동 서로 떨어져 나로부터 멀어지면

언제나 뒤쫓는
내 그림자
지워야 한다

용서

오늘은 내게 특별한 날이다
큰소리로 외쳐보자
정말로 모든 것이 나를 위해 있는 것처럼
맛있는 밥상이 차려질 것이다

세상에 혼자 하는 일이란 거의 없다
그런데 누굴 옭아매고 원망하랴
그저 웃으며 받아들여야
감사와 사랑이 들어온다

누구나 일부러 상처주려 하지 않으니
나를 제자리로 돌려놓으면
좀 더 가까이 다가가

그 사람 마음에 들어가게 된다

아무리 큰 상처도
시간이 지나면 아물어 가듯
마음의 쓰레기를 치워야
행복의 샘물이 고인다

사람이니까 그럴 수 있겠지
미움의 끈을 놓고 용서와 손 잡으며
화가 떠난 자리 환한 미소 피어날 때

나는 비로소
본래의 나와
만난다

머리보다
가슴으로

머리가 지휘통제부라면
가슴은 잡동사니 만물창고

놀 줄 모르는 책상다리
풍류쟁이 장대장 손짓에
입술 타들어가고

머리는 반듯한 평지로 가라는데
가슴은 딴청 가시밭길 들어가
남들이 좋다는 사자길 놔두고
나름 좋아하는 제 것에 빠져있다

머리에서 길 건너 말랑말랑 가슴으로

얼씨구절씨구 어깨춤 절로 나면

내가 원하는 것 보일듯 잡힐듯

가슴에
사랑 애
수놓는다

한가위 고향 길

고속도로가 거북이 경주장 되어도
태 자리 찾아 떠나는 마음
식지 않아 밤새 달려온 길
보름달이 있기에 외롭지 않고
아버지와 아들 단내 나는 볼 비비며
넉넉한 웃음 동네가 바쁘다

달팽이 논 도구쳐 미꾸라지 잡고
옥녀봉 솔잎 따서 송편 빚어
나누던 허기진 그때
이 빠진 그릇 들고 홀아비 과수댁
햇나락으로 시름 털어버린다

한 두밤 자고 나면

돌아갈 걸 뻔히 알지만

전원일기 촌노들

어쩌다 한 두 마디 대사하듯

끊길 듯 이어지는 고향이기에

풀섶 할머니 곁에 누어

어렴풋
젓가락 장단
들어본다

春花秋月

왜 봄에 꽃이 피고
가을에 단풍이 드는가
달이 차면 기울듯
인생은 그렇게 지는 것

창밖에 이는 스산한 바람이
가슴에 달을 뜨게 한다

멋적게 웃는 그믐달
들어갈 때를 잊은듯
아직도 대낮까지 머무르니
원하는 게 남아 있는가 보다

갈수록 해는 짧아지는데

끝이 아닌 또 다른 시작을 위하여

오늘도
나에게 무엇인가
부치고 싶다

면도를 하며

보드라운 솜털이
예리한 칼날에 밀려
깎여지기를 수만 날

그 어떤 수모도
모진 구박도 아랑곳 없이
자고나면 뻣뻣이 자라나듯

그렇게 울기만 하던 애송이가
세월의 풍파에 시달려
억척장부로 허물 벗는다

젊어 고생은 사서 하라 했는데
왜 그리 양지만 찾는지
하루의 절반은 어둠이 있고
인생의 절반은 슬픔과 고통이 따르는 것

어둠이여 나머지 빛남을 위해
축배를 준비 하자
아직도 뿌연 거울 속에

반쯤
면도 한 얼굴이
웃는다

|2|

사
람
과

마주 앉거나

누워
바라보는 눈동자들
우리 아닐는지

사람과

내가 살면서 버려야
했던 게 무엇인가
남의 눈 티는 보면서
내 눈 들보 못 보는 나를 본다

인생에서 정답은 없는데
이렇게 살라고 콕콕 짚어주기도 하지만
누구나 치열하게 살아야 하는지
그냥 바람에 몸을 맡겨야 할지 어렵다

밤하늘에 울려 퍼지는 세레나데
벌거벗은 회화나무가 답하며

하늘 향해 손 흔들어 빗질 한다
살아 있는 것은 나의 밑천
생명이 자라 사람이 되고
좀 더 사람다워지기 위해 애쓰나
그럼에도 불구하고 삶은

나를
벅차오르게
한다

부모님

우리가 살면서
잊어버리면 안될 것은
첫 번째가 부모님 은혜이다

나름 있게 해준 그 분들
무심코 잊고 살지만
언제나 멍에처럼 자식 걱정하며
자기는 괜찮다고 손사래치는 주름진 모습

두고두고 갚아야지 말고
지금 당장 전화부터 하자
주말까지 기다리지 말고

퇴근길에 들려 얼굴 보여 드리자
그리고 사랑합니다 손 잡으며
작아진 어깨 먼저 주물러 드리고
정성으로 발도 씻겨 드리자

너무나 몰랐던 소중한 것
흔적 일깨워준 당신께
지금부터라도 후회 없이 살려면
푸근하고 너그러운 마음으로

한없는
존경과
감사드리자

우리 가족

너와 나
하나 되는 게
우리라면

마주 앉거나
누워
바라보는 눈동자들
우리 아닐는지
한 울타리 속
안방 건너방 넘나들며
아웅다웅 눈 흘기고
살 섞어 사는 모습

미운 정
고운 정
촘촘한 그물망에 박혀
혹여 빠져나갈까

가슴 졸인다

당신

언제나 처음인 것처럼
아주 경건하게 정말 진지하게
더 낮게 머리 숙여
너에게 젖고 싶다

널 위해 날 버려도
하나도 아깝지 않은
그런 나이 되었으니

그땐 너무 어려
모든 게 날 위해 있을 거라 생각했는데
세상은 녹록지 않아
많은 방황과 긴 여행을 하고 나서야

내가 욕심덩어리란 걸 알아차렸다

나 사는 동안
언제나 함께 한 당신
늦었지만 고맙고 감사합니다

그리고
사랑합니다

사랑하는
아들
딸에게

매일 매일 살면서 감사하는 마음을 가져라

지금 이 세상에서 살고 있다는 것

축복이며 행복을 열어가는 길이다

끊임없이 나는 할 수 있다는 신념을 가져라

믿음이 있어야 행동으로 나아갈 수 있다

꿈과 희망

자기 암시에서 시작된다

늘 긍정적인 생각

내가 세상에 나온 이유는 분명이 있다

누구에게도 없는 나만의 끼

그 능력을 갈고 닦아야 한다

토끼는 달리기 하나로

다람쥐는 나무 타는 기술 하나로

오리는 헤엄치는 것 하나로

나름대로 자기 삶을 충실히 살고 있다

나만의 탈렌트

나의 길은 내 안에 있다

빛나는 진주가 내 속에 숨어 있으니

어려워 말고 지금 선택하라

나는 누군가를 위해 존재하고 있다

기쁜 마음으로 하루하루 충실하라

그리고
몸을 돌보는 것도
게을리
하지 마라

바램

아들아 짝이 있다지
이 말처럼 꼭 이루어지길
고개 숙여 합장하며
새해 첫날

나비
한 마리
날려
보낸다

새로 태어난
아기에게

아가

예쁜 아가

티 없이 맑게

무럭무럭 자라서

하늘과 땅에

크게 퍼지도록

영광의 종소리 높이 울려라

꿈과 희망을 향한

너만의 세계

하얀 백지 위에

상상의 날개짓

마음껏 펼치어라

(6. 14 탄생한 외손자를 위해)

민얼굴

젊어서는 낯바닥 하나 반반하여
아무데나 주저없이 나댔는데

언제부터인가
사진 속 풍경 버릴까
안 박으려 꽁무니 뺀다

어디 겉모습 뿐이랴
가슴에서 머리로 가는 길목마다
켭켭이 쌓인 미로만큼
여러 생각 똬리 틀고 있어

시시때때로 변하고
주저앉아 헤매이는 안타까움
어처구니 없기도 하지만

그래도 항상 중심에는
추운 사람 보면 눈물 흘리는

민얼굴이
나를
철들게 한다

잔소리

어머니의 잔소리
큰 것 바라지 않고
별 일 없기 바라며

이거 해라
저거 하지 마라
눈물 품에 안고 하는 말이다

배 밖으로 흘러나온
둥그런 마음
수수하게 헐렁해진 야문 입

늘 바깥에 있는 것 같지만
내 안에 머무르며

시간이 흘러도 한결같이
애 탄다

마음의 그림

사람
냄새 그리며

5백년 묵은 은행나무 지나
쓰러질듯 엎드려 있는 기와집 하나
빙허(憑虛)의 옛터

얼마 가지 않아
납작하게 뭉게질 그곳
문화대국은 말로만
대낮 개 짖는 소리 요란하다

사람 냄새 높은 담벼락 속에 갇혀
외쳐도 대답 없는
죽어버린 회색도시

누가 살릴 수 있다면

정말 운수 좋아
따뜻한 설렁탕 국물 나누고
아무렇지도 않게 왁자지껄

술
권하는 사회
언제 오려는지

|3|

자
연
이

생각만 해도
기분 좋은 거

아직은 좀 어색하지만 아무렇지 않게
천천히 주변에 귀 기울여
작은 생명에도 따뜻한 눈길 주며
넉넉하게 가슴 열어 자연에 산다면

자연과 함께

하늘 향해 그리워하는 마음
오롯이 바다까지 내려와
다정하게 뻘밭에 악수하며
갈대꽃 피워내는 순천

사람에게 있어야 할 것은
마음만 먹으면 늘 곁에 있으나
꼭 버려야 할 욕심이나 미움은
보이지 않게 숨어
몸이 싫어하는 걸 모른 체한다

깨끗한 강물이 좋아 모습이 예뻐
외로운 철새들 고향 찾아 날고

있는 그대로 산들바람 시원해

칠게와 짱뚱어 제멋대로 노니는데

생각만 해도 기분 좋은 거

아직은 좀 어색하지만 아무렇지 않게

천천히 주변에 귀 기울여

작은 생명에도 따뜻한 눈길 주며

넉넉하게
가슴 열어
자연에 산다면

무위사의 오후

월출산 뒷자락
뚝뚝 지는 눈물
할 일 없는 오후를
한사코 두드리다

중생의 번뇌
돌계단 올라
한 켜 두 켜
쌓이는데

동백숲에 숨은
가섭의 미소
투명하게 떠오르면

젊은 스님 목탁 소리
바람에 실어

하늘까지
연
날린다.

무등산

입석대 베개삼아 비스듬히 등대고
앞가슴 훤히 드러낸 채 누워있는 부처님

억새 우거진 장불재 너머
아무 일 없이 스쳐가는
바람소리 물소리 들으며
묵묵히 광주를 내려보고 있다

천년 전 견훤과 왕건의 한 판 승부도
백년 전 왜놈에게 당한 민족의 한도
80년대 군화발에 밟힌 민주화 운동마저

아는 듯 모르는 듯

때로는 노도처럼

아뿔싸 부드러운 미소로

가장 낮게 제 몸 눕혀

모든 것

품고

있다

유달산

목포 사람이 아니라도
유달리 친근한 산
그것은 남도 특유의
뻘 내음이 묻어있기 때문이리라

산 봉우리는
사납게 솟구친 일등바위와
부드러운 듯 가라앉은 이등바위가
중머리 가락에 자리하고

저 아래 어시장
잔교에 매어 놓은
목포의 눈물

질펀한 전라도 사투리에 풀어지면

천년의 한 일랑
이에 그만 뻘밭에 묻고
앞개 뒷개 하나로
신의주까지 이을텐데

언제 가려나?
풀 먹인 무명 적삼
노적봉에 벗어 둔 채
길게 누운 고하도엔

버선발이
빠져있다

매화

겨우내 죽은 듯이
온갖 수모 감당하며
가만히 서 있다가

꽃샘 바람 불면
제일 먼저 입술 내밀어
몸매 자랑한다

무엇이 그리 바빠
알몸으로 가출하였나
눈이 시린 모습

군자 중의 첫 번째라
오기도 당당하다

시디신
그 성깔

마음의 그림

둠벙

겉으로 아무것도 없어 보이나
속으로 가득차 있어
생존경쟁 치열하다

누군가 오래 전 왔다 갔는지
지금은 홀로 으슥한 터
해와 별 나란히 새 생명 잉태하고
왕 잠자리 허물 벗는 고향

아무도 찾지 않아도
저절로 수런수런
자신을 주면서 그것이 운명인 양
시간도 공간도 하나 되는 곳

그리고
그리움 머무는데

들꽃사랑

눈물 메말라 가는 세상
여기 와서 가슴에 출렁이는 사랑을 보라
눈물방울 모아 희망 싹 틔우고
아침이슬 머금은 영롱한 몸짓
때 되면 환하게 함박웃음 터뜨린다

억새꽃 필하모니 연주가 시작되면
꽃범의 꼬리
난쟁이 붓꽃
광대나물 듬성듬성 자리잡고
벌나비 제짝 찾아와 춤춘다

사랑하는 사람아

여기 잠시 머물러

무당벌레로 환생하면

난 갈잎으로 밥이 되어

영원히 그대 안에 머무리

난 열정의 포로가 되어

한 걸음에 달려가 뽀뽀하고 볼 비비며

있는 목청 다 열어

진짜 좋아한다

그 말 들어보지 않을래

밤꽃
피면

위따 징헌 거
저놈의 지독한 사내 냄새
누구 가슴 뒤집어 놀라고 그런다냐

해마다 이맘때쯤
총각댕기 풀어지듯
주렁주렁 밤꽃 달리면

걸쭉한 욕할머니
입버큼 품으며
살랑 바람에 화풀이한다

6.25 때 죽은 남편
가슴에 평생 묻고
육십년 지탱한 삶의 무게
더 이상 일어날 수 없는 원초적 본능

누굴 위한 열녀 효부냐
소복 아래 흥건히 고인 아까운 청춘
그래도 희망 알갱이 한아름 안고
오늘 하루 비릿한 향기에

취해
볼거나

낙엽을 보며

하늘에 찬별 뜨면

땅에 흩어지는 나뭇잎들

그냥 눈 흘기며 지나가는 세월

사방은 허전하고 고요하다

허우대 훤칠한 푸라타나스

쭉 뻗은 귀공자 은행나무

가을 얼짱 단풍나무도

잘 나가던 때 있었지만

수능시험 다가오자

모두 입 다물고 자기를 버리며
마지막 정리한다

이미 알고 있는 것처럼
우리에게 필요한 것
그리 많은 게 아닌데
창가에 스친 바람까지
이웃인양 반가워하며
서로 사랑 나누고
따뜻한 숨결 느끼며 사는 게

우리 인생
아닌가

김치

훈련소에 들어온 주눅든 신병처럼 파랗게 질린 얼굴
간단한 몸수색 후 일렬로 뉘어놓고 오연발 기총사격
공중에서 낙하한 게릴라는 무장 해제된 알몸 사정없이 파고든다
축 늘어져 녹초가 된 삭신 정신 번쩍 들게 찬물 세례 퍼붓더니
그것도 모자라 최루탄에 화생방 공격까지 눈물 콧물 범벅되어
전신은 피멍으로 벌겋게 물든다

새것 좋아하는 성질 급한 이는 비린내 나는 앞가슴 풀어 즉석
입맞춤으로 일을 시작하고 좀 느긋한 이는 한참 뜸들인 뒤 머리에서
발끝까지 잘 빠진 몸매 쳐다보며 입맛 다신다 나이든 이는 곰삭은 것
최고라며 칠흑 독방에 오래 가두어 놓고 혼자 즐긴다

그래도 나는 행복하다

세상에 나와 새 옷 한 번 못 입어보고 가슴 둥둥거리는 키스 한번

못한 채 산아제한에 걸려 현지 처분된 왕따 당한 형제들을

생각하면......

|4|

하
나
되
어

즐거워도
슬퍼도
바보처럼

말없이 따라나서고
막 다른 골목에 이르러서도
눈 하나 깜짝 않고 같이 있을
그런 몸알리 그립다

하나 되어

당신은 그 자리에 있어요
내가 다가갈게
한 걸음 한 걸음 더 가까이

그렇게 하는 게
마음이 편할 것 같네요
당신을 부르지 않아도 되니까

그래도 힘들면 같이 나누어요
둘이서 어깨라도 기대면
힘이 솟을 것 같네요

그리고 약속해요

혼자 가진 않겠다고

내가 바라볼 수 있도록

그냥 그 자리에 있어요

이제 잡은 손 놓지 않을래

나보다 나를 잘 아는 사람

더 이상
없을
터이니

우리 함께

너와 나
위 아래
많음과 적음
이것이 옳고 그름의 문제인가

처음부터 정해진 게 아니라
어떤 처지에 놓일지 모른다면
우린 함께 손잡고 가야 한다

어쩔 수 없이 모두에게 필요하나
나눌 수 없는 것이 있다면
내 이익만 앞세우기 보다는
누구나 살 수 있게 만들어야지

약자의 처지가 나아지게
내가 먼저 내놓고 도와주면
적어도 고통은 주지 않을 거야

언제나 똑같을 수 없기에
내가 마지막 남은 조각을
집는다는 마음으로 산다면

세상은
더 따뜻하지 않을까

함께라면

내 너를 머리로는 보내나
가슴에 남아있는 그리움 하나
이 봄에 다시 피어나
새 생명 가지마다 물오르고

힘들 때마다 너 곁에서
가슴으로 온기를
어깨 기대어 편안함을
함께라서 따스함을

그렇게
항상 살고 싶다

마음의 그림

함께하는 마음

파아랗게 물든 유월 하늘
님들의 얼굴
복사되어 환히 피어난다

살점마저 나부끼는 허허로운 광야에서
바람소리도 머문 155마일 전선에서
부르던 조국
그리운 가족

가진 것 다 주어도 아깝지 않은
죽도록 사랑한 사람 위해
이 땅을 지킨 무명의 호국용사들

그들이 있기에
오늘의 자유, 평화 있거늘
자연의 고마움 모르듯
무심코 잊고 산다

우리 모두 두 손 모아
단 하루만이라도 아니
동해물과 백두산이 마르고 닳도록
그 외침 기억하여

애국혼 꽃피운 살기 좋은 나라
새롭게 웅비하는 희망찬 민족으로

다함께
가꾸어가자

친구(Ⅰ)

세상 살다 지쳐 울고 싶을 때
함께 울어주는 사람 있다면
우리는 행복하다

아무 때나 불쑥 문 열고 들어가도
자네 왔는가 반갑게
두 손 잡아줄테니

우스운 변명이나 거짓보다
그럴듯하게 포장한 위선보다
다정스런 눈길 한 번으로
아픔 반으로 깍아주는 동무

즐거워도 슬퍼도 바보처럼

말없이 따라나서고

막 다른 골목에 이르러서도

눈 하나 깜짝 않고 같이 있을

그런
몸알리 그립다

(※몸알리 : 매우 친한 친구)

친구(Ⅱ)

세상에서 할 수 있는 모든 일
혼자 하기에 너무 힘들다
결정은 자기가 하지만
구체적으로 실천하고 밀고 나가려면
누군가 도움이 필요하다

서로 마음을 주고 받으며
사랑하고 존중하는 것
다른 이의 생각과 말씨를 통해
새로움을 보고 내가 자란다

나를 응원하고 믿어주는 사람들

저 넓은 우주와 평온한 바람
밤하늘 작은 별까지도
나를 위해 기도한다

세상은 혼자가 아니라
다함께 얼굴 맞대고

속삭이는
것이다

새 날

신묘년 새아침 붉은 해가 뜬다
태고의 신비를 머금고
아스라이 먼 곳까지
단숨에 달려와

이른 아침
소원을 비는 모든 이에게
똑같이 따뜻한 눈인사
반갑게 서로 얼싸안는다

우리 서로 다투지 말고
하늘이 준 선물 온전하게
고귀한 생명 보듬어

토끼의 지혜로 풀어가자

내가 먼저 양보하면
그가 설 자리 트이니
나를 버리자

그러면 우리
함께 할 수 있으리

11월이 되면

금빛처럼 화려한 봄날
덧없이 지나가고
은빛처럼 찬란한 여름밤
유성따라 흐르면
훌훌 털어 등허리 드러난
눈시리게 아름나운 몸매
빼빼로 11월 우리 곁에 다가온다

잎에 가려 볼 수 없던 주목의 붉은 입술
산자락 한켠 아무렇게나 핀 들국화
정신 번쩍 코끝에 와닿는 알싸한 향기
소스라치게 모든 걸 드러내는데

화려함에 취하여 은은함 잃어버릴까

오만함에 병들어 겸손함 놓아버릴까

안으로 안으로 다스린 벌거벗은 은행나무

젊음도 권력도 잠시라는 걸

500년
한자리서
점잖게
꾸짖고 있다

자유

아무리 좋은 것 가지고 있어도
갖고 싶은 건 또 생기는 것
무엇을 가지려면
잡은 손 먼저 놓아야 한다

아무리 좋은 배우라도
새로운 배역 주어지면
그 주인공 되기 위해
이전의 자신 버려야 되듯

무엇을 가지고 싶어
무엇이 되고 싶어
설령 그것이 이루어지더라도

또 다른 무엇이 나를 속박하면

마음의 끈으로부터
벗어나야지
자유는 울타리도 주인도 없는

하늘
구름
바람이어야 하리

생긴대로

더도 말고 덜도 말고
생긴 대로 살면
자연스럴 텐데

뽕 넣고 뼈 깍아
마네킹 닮은 눈 · 코
쳐다보기 민망하다

다양성이 무너지면
팔다리는 제멋대로
머리는 단순해져
나만 맞다 우기겠지

가꾸지 않아도 건강한 모습

순수가 바탕이 되면

한꺼번에 조명 쏟아지고

모두
고개 끄덕
박수치겠지

|5|

세상 속에서

얼마나 견뎌야
그렇게 될까

모두가 주인공인 둥근 세상
생명 없는 것에 눈길 주려면
나부터 한 발 물러서야 겠다

아직도
나는

사람이 살면서
조금 더 가졌다고
요만큼 더 안다고 어깨 들어 올리지만
위에서 보면 그게 그거다

저마다 다른 모습 아홉 식구
풍선 타고 떠나는 여정이기에
누구랄 것도 없이 하나로 풀어져
망설이지 않고 깔깔대는데

가장 단순하게 그대로 살려

여기까지 왔으면

우리 속에 나를 품어

더부살이 나무처럼 손잡고 가야지

얼마나 견뎌야 그렇게 될까

모두가 주인공인 둥근 세상

생명 없는 것에 눈길 주려면

나부터
한 발
물러서야 겠다

행복(Ⅰ)

행복은 귀가 있어
가까이 오라 자꾸 어르면
내 곁에 있을 것 같은데

더 나가려는 욕심 때문에
아니라는 차거운 생각 일어
멀리 날아가버린다

생명은 온기 그리워 외롬을 타는가
잘 되겠지 얼굴 한 번 피고
난 괜찮아 웃음 지으면
희망 한가운데로 날아오를 텐데

산다는 것
오르락 내리락 시소처럼
고통과 기쁨 이어지지만
내게 주어진 길 끝까지
위로를 너머 사랑을 너머
거룩하게 걸을 수 있다면

그래도
행복하지 않을까

행복(Ⅱ)

더 얻으려 발버둥치고
더 가지려 아등바등 할수록
욕심은 한 발 더 앞서 간다

그냥 있는 대로 감사하고
가진 만큼 미안해하고
늘 자신에게 고마워하자

부끄러워지지 않으려면
시건방 잔소리 내려놓고
손으로 발로 다가서

옆에 있는 사람에게
오롯이 팔베게 되고
따뜻한 사랑 이불 되어줄 때

행복은
나와 팔짱
낀다

개천

한웅 할아버지 신시 연 날
하늘 땅이 어울려
사람과 통하니
모두 하나였는데

언제부터인가
하늘이 주는 숨 잊고
땅이 주는 열매 모르는 채
보이는 것에만 매달린다

이기심으로
자만심으로
가슴 가득 품으니

내 아닌 게 소용없고

내 안에
바깥 세상을 향해
투명한 백지 펴면
그대로 나인 것을

가을은 마음의 창을 열라 한다

보이지 않는
사랑을 보라 한다

민심

세상에 널려진 백성의 소리
그 속에 진실한 마음 있습니다
못 믿어 애써 외면하고
나만의 세계로 들어가는 것
중심에서 점점 멀어지는 일입니다

밤낮이 교차되고 비바람 이는 것은
알곡 여물어 가는 진통이고
방울방울 안개비
서로 부둥켜 안아야
큰 강 이룹니다

사물의 중심은

안으로부터 솟구치는 게 아니라

밖으로 끌어당기는 팽팽한

밧줄에 의해 지탱하는 것입니다

둥그렇게 둘러앉아 이끄는 손에서

기차바퀴 돌아가고

바퀴와 가로대 아울러

움직이는 쌍방향 시대

주는 것이 얻는 것이요

놔두는 것이
돕는 것입니다

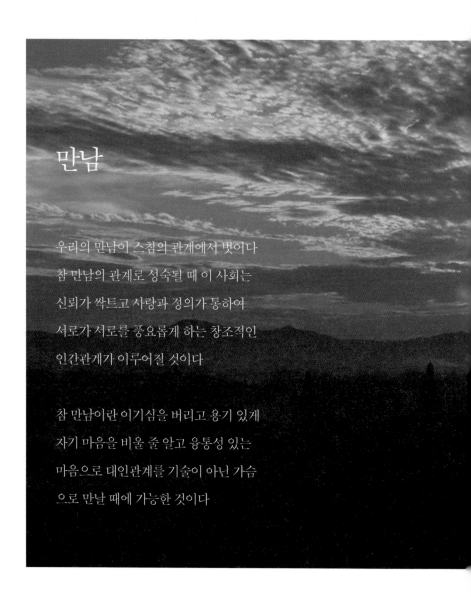

만남

우리의 만남이 스침의 관계에서 벗어다
참 만남의 관계로 성숙될 때 이 사회는
신뢰가 싹트고 사랑과 정의가 통하여
서로가 서로를 풍요롭게 하는 창조적인
인간관계가 이루어질 것이다

참 만남이란 이기심을 버리고 용기 있게
자기 마음을 비울 줄 알고 융통성 있는
마음으로 대인관계를 기술이 아닌 가슴
으로 만날 때에 가능한 것이다

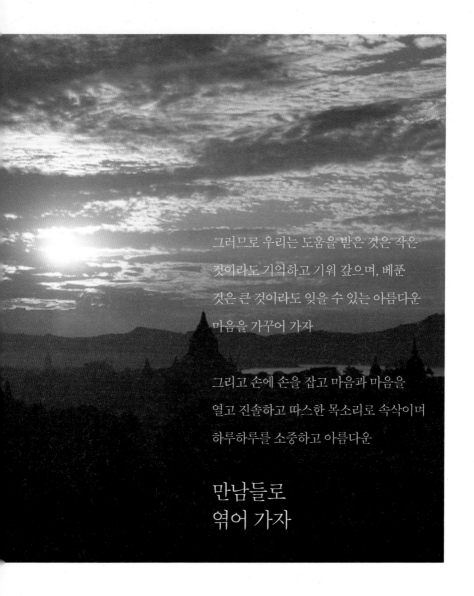

그러므로 우리는 도움을 받은 것은 작은
것이라도 기억하고 기위 갚으며, 베푼
것은 큰 것이라도 잊을 수 있는 아름다운
마음을 가꾸어 가자

그리고 손에 손을 잡고 마음과 마음을
열고 진솔하고 따스한 목소리로 속삭이며
하루하루를 소중하고 아름다운

만남들로
엮어 가자

로마의
여정

모든 길은 로마로
사람 마음은 하늘로
서로 통한 것일까
새벽편지 날아와 나를 깨운다

벌써부터 심장이 두근거리고
새로운 만남 기대 부풀어
달콤한 향기 온몸 황홀해지는데

많이 보는 것
깊이 아는 것
그리 중요하지 않다

아주 사소하게
내가 살아 있는데 감사하고
함께 하는 사람들과 경청하며
작은 것이라도 나누는

따뜻한 그리움 쌓아가며
천천히 그러나 영원히
냉정과 열정 사이를 넘나드는

그런
사람으로
살고 싶다

골프와 인생

2011. 06. 03 (금) 05:30

벨 소리에 잠이 깨어 창밖을 내다보니

광주천 물안개 연막 소독차 지나간 것처럼

물 위를 걷는다

간단하게 얼굴을 씻고 변기에 앉아 어제를 결산하고

식탁에서 오늘 의논하고 이빨 닦는다

카풀로 비엔날레 주차장에서 친구 3명과 만나 출발하였으나

출근 시간에 밀려 동광주 IC로 돌아 고속도로 진입

1시간 10분 만에 고창CC에 도착

오늘도 서두른 마음이 운전대를 잡는다

09:32 바다코스 1번 홀에서 티샷

조급증은 공을 잡아 당겨 세컨 샷 OB가 되어 트리플 보기가 기록 되고

마음을 추슬러 2번홀 써드 샷 홀컵에 붙여 파 세이브 한다
3번 홀을 보기로 막은 다음 파3, 4번 홀에서도 파 세이브
5, 6, 7번 홀에서 연속 보기를 한 후 8, 9번 파 세이브 하여
전반 홀을 43타로 마무리 한다
동반자 고강쇠(고태석 교장)는 드라이버 거리 240m를 넘나들고
컴퓨터 스윙 이 교수(이계수 학장)가 정확한 어프로치를 자랑하면
마당발 김선호 교장이 롱퍼팅으로 홀컵을 정복한다

11:45 가볍게 복분자 술로 목을 풀고 푸른 코스로 이동
후반전 9홀 44타를 더해 87타로 홀 아웃
비교적 무난한 스코어, 그러나 조금만 틈을 보이면
방심이 비집고 들어와
탑볼과 뒤땅이 뒤통수를 때리고 제멋대로 쌩크는 노탱 큐

보너스 19번 홀 욕실에서 땀에 젖은 몸과 마음 씻으려
뜨거운 물에 뛰어들며 시원하다 김을 토한다

14:10 자연산 활어 전문점 만돌뻘집으로 가
6월 농어로 입맛 돋우어 쏘맥파티
붉어진 얼굴에 취기 뜨면
말은 앞뒤를 잃고 과거와 미래를 오락가락

사람은 숲에서 얼싸안고 사는 나무처럼 길 위에서 만물과 만나고
길은 몇 번의 우연을 만들고 또 몇 번의 인연을 잇는다

돌아오는 길
어느새 구름이 산 같고 산이 구름 같다

산과 자연은 하나

산은 두발로 걸어 가까이 오라 한다

햇살 받아 곱게 단장한 산마루

구름 옷 입고 서서 안개 따 먹으려나

투덜대지 말고 조금 불편하게 살라 한다

그래도 너무 오래 쉬면 녹스니

중심을 잡고 땀 흘리며 뜨겁게 살아야지

미련이
나를
끌어당긴다

눈이 오면

눈이 내린다

온갖 이야기 낳고 품으며

묻고 있다가 하얀 속살 드러내 보인다.

가끔 갈지자로 부딪혀 깨지기도 하지만
끝까지 자기다움 지키려
작은 몸으로 세상 감싸안으려는데

우린 너무 비교하고 싸우다
설레고 웃음짓는 일 포기한 채
더 빨리 좋은 것 가지려
내 속에 갇히고 만다

오늘따라 니가 그리워
가까이 다가서려는데
내 욕심 알아챈 듯

금방
제 몸
감추어버린다

세월

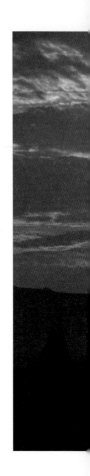

오늘은 니가 흐르고
내일은 내 마음 따라간다
머리 위엔 비행기 꼬리 길게
발 아랜 지렁이 지문 희미하게
한 걸음 뒤에서 보면 모두 그림이다

한낮 졸고 있는 강아지
낯선 사람 들어와도 보는둥 마는둥
시간은 되돌리려 해도 자꾸 간다

이제 남은 걸
소중히
여기련다

|6|

사랑을

그러나 세상에
보이는 건
너무 적어

보이는 것 보다
묻혀 있는 더 많은 것에
따뜻한 마음 주고 싶다
외면당한 이름 불러보고 싶다

사랑은(I)

말로

글로

손짓으로

눈빛으로

몸으로

죽음으로

웃음으로

울음으로 하는 것

그래도 부족하면 물끄러미

그냥 옆에 가만히

있어 주는 거

사랑은(Ⅱ)

사랑은 물처럼 자연스레 흘러
그릇이 차면 비우고
부족하면 채워주는 아량이다

사랑은 어디든 함께 하며
목마를 때 대접 한 가득
꿈을 퍼주는
그러나 마구 쓰면 금방 바닥 난다

사랑은 언제나 있어야 할 그 자리
변하지 않으면서
보이지 않게 늘 변하는

날마다 제 몸 씻으며
같이 젖어가는 정성

사랑은
더 이상
조연이 아니다

마음의 그림

사랑은 나빌레라

넉넉한 한복 품에 안겨
소매자락 펄럭이며
나비 한 마리 우아하게 춤을 추면

먼 산 안개 바닥으로 가라앉고
선비 꽃발 디딤 유려하게
톡톡 마루를 쓰다듬는다

물소리 새소리 사물장단에 맞춰
여인네 옷깃 팔랑팔랑
얼씨구 좋다 부채바람 일으키면

운해 위를 걷는 선녀
새 생명 살포시 가슴으로 품으니

작은 바람 날개짓 하늘을 난다

고추 속 적막강산 보고지고 보고지고
봄 볕 간절히 스며드니
쑥대머리 춘향이 비단실 뽑아내고

꽃보다 아름답게
사탕처럼 달콤하게
애잔한 해금 울음 목줄타고 내려와
재회의 눈물 한꺼번에 쏟아낸다

둥둥 팔딱팔딱 심장에 불 지피면
붉게 타오르는 태양은 솟고
기다림은 끝이런가

**너와 나 하나 되어
덩실덩실 춤을 춘다**

첫사랑

한 사람이 또 한 사람을 만나
서툰 몸짓으로 다가오면
금방 활활 미쳐버린다

불길 속에 던진
벌거벗은 영혼
처음이기에
가슴은 충분히 부풀어 오르고

군말 없이 작은 떨림으로
콧등을 적시는 울음
그저 같이 있는 것만으로
따스하고 배부르다

해맑은 동공 속에

영원히 묻어둔 사람

죽을 때까지 저리는 아픔

누가
감당해야
하는가

참사랑

보고 싶다
그리워진다
눈 감고도 떠오르는 모습
속내까지 그릴 수 있는 건
언젠가 느꼈기 때문이다

늘 가까이서 만나는 생생함
가슴에 와 닿는 짠한 마음
촉촉한 맥박소리 들으려
보고 싶어 안달한다

세상은 보아야 알게 되고
알아야 마음이 따라가고
마음 있는 곳에 사랑이 머문다

그러나 세상에 보이는 건 너무 적어

보이는 것 보다

묻혀 있는 더 많은 것에

따뜻한 마음 주고 싶다

외면당한
이름
불러보고 싶다

너에게

설친 눈으로 열세 시간을 달려온 나에게
잘 있었어 지긋이 말문 열고
꼬옥 안아주는 당신

서로 마주보며 손가락 걸던
세월이 지만치 흘렀건만
아무런 원망도 미움 없이
하얀 이 드러내며 웃는 너

어느 순간 떠올라도
이런저런 핑계로 잊고 살았는데
이제 널 찾을 때 되었는지
미치도록 보고 싶어진다

누가 오는가
창가를 서성이는 그림자
기대와 떨림은 가슴 조이고
낯섧은 이방인의 로망으로 부풀어올라
구름빵처럼 커진다

나무 한 그루가 바람에 흔들린다
까맣게 탔는지 속이 비어
금방이라도 드러누울 것 같다

그 속으로
내가
들어간다

물빛 그리움

호수는 생명을 품고
흐르다 멈추지만
푸르름은 외로움을 밀어내고
그리움 당기며 하루가 간다

아버지 턱 밑 주름살
막걸리 타고 세월 흐르면
이제 불러도 메아리만 남을 뿐
쩌렁쩌렁 목소리 간 곳 없다

동구 밖 진또배기 쉴 날 없이
마을 지키느라 땀 흘리면
서늘바람 살짝 뺨 스치며
간절한 소원 빌어준다

아버진 높이 뛰어넘으라 빌고
그 자식 반의 반도 못 가지만
호수가 그 자리 물빛 한결같듯

내 마음
지금도
그곳에 머문다

폭포 아래서

온갖 풍상 겪어낸 투박한 물줄기
여기 보라며 속살 드러낸다
그날도 햇볕은 그리 따가왔을까
지나가는 새 한 마리 울음이 곱다

해가 숨을 멈추고 기다리는 동안
물방울 하나 깜빡 졸다 땅에 떨어진다
또르락 딱 무지개 피워 오르니
그 사이 하늘이 환히 웃는다

싱그런 빛이다
여기서 함께하니 세상이 내 것 같아
놓쳐버린 행복을 다시 얻어 좋다

벅찬 마음으로 내 어깨 감싸며

그동안 챙겨주지 못해 미안해

하루하루 행복의 가지 만들어서

사랑하기로
다짐
한다

산다는 거

세상이 살만하다는 것은
사람 사이에 따뜻한 바람 불어
식은 가슴 덥혀주기 때문이리라

처음이지만 어색하지 않고
친근하게 다가오는 웃음 띤 얼굴
정으로 버무린 말 한마디
나를 일깨우는 기도이다

사는 게 만나고 헤어지는 일이라면
당신만에서 우리 함께로 다가가
아무 생각 없이 안아주고 싶다

창밖 반짝이는 사랑의 불빛
하루를 마감하는 밀어 쏟아내며
그리운 얼굴 물들이는데
우린 잊지 않으려 돌아가려 한다

이제 떠나야 할 시간
이별이 아쉬운지 하늘이 먼저
눈물 흘린다
안녕! 짜이찌엔(또 만나요)

(2014. 1. 9 타이완에서)

웃음을 주는 사람

아무것도 가리지 않고
거리낌 없이 입 열어
시끄럽게 쏟아내는
지극히 인간적인 모습

그 천진스런 깔깔댐이 좋아
나이 넘은 주책을 떨고
자다가 일어나
배시시 소 웃음 짓는다

서로 나누는 사랑의 절규
너무나 자연스런 율동
순수함을 넘어

뼈 속까지 녹아드는

생의 극치

갈비뼈 간질이며

요동치는 울부짖음

복받치는 뜨거운 정액

목젖 타고 내려와

흰 가슴 적신다

|7|

노래하다

나를 찾는 애잔한
바람소리

별빛 달빛 함께 마중 나오면
내 마음 님에게로 발병 나서
뜨겁게 아라리 아라리요

시를
쓰는 거

시를 쓴다는 것
즐거운 일이어야 한다
새로운 걸 만들어내려면
작은 수고 따르게 되고
출산의 진통 있어 아이가 더 예쁘듯
그만한 인내와 기다림이 필요하다

추적 60분, 쫓고 쫓는 지루함
퍼즐게임 시작되면
모로 누어 가로에 들어갈 낱말 찾고
반듯이 서서 앞으로 나란히 해본다

손발 척척 맞아 떨어지면

신들린 상모 돌아가고

머리가 새까맣게 타들어갈 땐

잠시 휴전이 상책이다

그러다 불현 생각 떠오르면

마지막 저녁놀 귀로의 끝은 보이고

수확의 기쁨 누구나 그러하듯

보는 것만으로
충분히
배부르다

지금

그대 있어
사무치는 마음 흐르고
파란 하늘 맑게 웃으니
희망은 끝없이 부풀어올라

설렘은 멀리 떠오르고
가까이 떨림 새 한 마리
날고 있다

어제는 다시 오지 않을 그리움
내일은 아직 얼굴도 모를 안타까움
지금 바로 당신에게
다정한 웃음 주어야지

싱그런 봄바람 코 끝 스치며

반가움
한가득 가슴에
머문다

아리랑

나를 찾는 애잔한 바람소리
별빛 달빛 함께 마중 나오면
내 마음 님에게로 발병 나서
뜨겁게 아라리 아라리요

휘돌아가듯 인생 열두 고개
그리움 찾아 어깨춤 흐르면
눈물은 한숨을 뿌리채 뽑아내고
슬픔은 가락을 애써 밀어내는데

친구들아 서로 다투지 말고
외로운 가슴 보듬고 가련
고통도 노을도 구름 따라 지나가니

연변에서 진도까지 한마음 아라리요

신명마당 얼씨구 자리 펴고 앉으니
웃음꽃 손뼉치고 사랑으로 맞잡고
오롯이 하나로다 우리나라 좋을씨구

넘버원 코리아
대한민국 만만세

(2012. 7. 11 'Neo arirang 세계를 노래하다' 공연을 보고)

운명

짠짠짠 짜안
카라얀이 온몸으로 춤을 추자
노교수 열정도 뒤질새라
피아노 건반을 두드린다

기막히게 지글이 보글이 짝짝
되풀이 하다 확 바뀌어지더니
현이냐 관이냐 견주며
뽐내기도 다투기도 하지만
끝내 하나로 만든 영혼의 울림

감정줄 조였다 풀어논 사이
우린 운명처럼 만나서

허전한 가슴 뛰게 해

내가 주인공이다 일러주고

세상 듣는 귀 열어

알지 못해 부끄럽다고 말해준

그 시간이

그 사람이

그 음악이

좋다

(2013. 12. 17 광주클래식 아카데미를 마치며)

무등골
문화수도를 향하여

한줄기 빛이 내려와 무등골 비추면
서서히 어둠이 걷히고 환희의 세계로
동 · 서양이 하나 되어 춤을 춘다

청사초롱 가슴에 품고 사뿐사뿐
한 마리 나비 연인에게 다가와
열정의 눈물 하얀 바탕에 뿌리면

동그라미 네모 세모가 모여
가볍고 자유로운 상상의 날개짓
머무르지 않고 움직이는 가운데

문화는 위에서 아래로
때로는 낮은데서 높은데로 흘러
스며들고 젖어가지만 우리는
함께 환호 박수쳐야 싱싱하게 자라난다

이제 원망도 미움도 떨쳐버리고
서로 힘을 주는 사랑의 합창으로
삼백예순날 시끌벅적 생명의 노래 불러

희망 가득찬
문화수도로
피어나길
손 모은다

(2013. 11 .15 K아리랑 공연을 보고)

무궁화

비바람 모진 추위 온몸으로 이겨내고
척박한 음지서도 꿋꿋이 뿌리내려
나라 사랑 어우러져 활짝 웃고 핀 꽃

하이얀 모시적삼 은은한 바탕 위에
피멍으로 얼룩진 고난의 가시밭길
수줍은 꽃대 세워 군자기상 자랑하네

싱싱한 곧은 줄기 민족정기 곳초잡고
여러 갈래 녹색 잎은 자손만대 번영 불러
삼천리 방방곡곡 아름답게 핀 꽃

한여름 입을 열어 서리 올 때 눈썹 내려
영원무궁 피고 지는 우리의 꽃 무궁화

서로서로
양보하며
다툼 없이 살라 하네

6월을 생각하며

하늘을 열어
오천년을 지킨 땅
선열들의 피땀
호국영령들의 넋
꿋꿋한 기상은 푸르름을 더해가는데

못다 핀 꽃 한송이
이루지 못한 우리의 소원
자신보다 나라를 앞세우는
님들의 외침 뒤로한 채

물질이 지배하고
민족정기를 망각하는 세월
갈등의 골은 깊어만 가고
일그러진 가족질서

뒤틀린 윤리의식
위기를 보고도 밥그릇 싸움 민망하다

역사는 흐른다
깊은 물은 소리 없이 바다로 간다
준비된 미래를 향해
저 파란 6월 하늘에
태극기 걸고 다시 일어서자
쉼 없는 공장의 기계소리
지구촌 누비는 대한의 숨소리
모두 녹아 흐르는 하나 된 통일조국
한민족의 영광 우리 손으로

기어이
이루어 내자

가슴에
흐르는 강물

내게 파도치는 물결이

그를 감싸고 도는지

더욱 요동치게 했는지

그 사람 마음 어딘가 흐르는 강물에

귀 기울여 보았는가

내가 원하는 게

그에게 고통을 준다면

차라리 포기하고 돌아서야지

웅웅거리는 바람 추임새로
먹먹해진 가슴 흔드는 육자배기
혼자 흥얼대며 스스로 위로한다

서로의 가슴에 흐르는 강물
시작과 끝 알 것도 같은데
알쏭달쏭 지는 저녁놀 바라보며

일순간 흩어지는
여름밤의 꿈

공연장에서

5월의 나른한 봄 밤
자칫하면 풀어지기 쉬운 시간
극장은 활기찬 재잘거림으로 수런거린다

천원짜리 낭만이라도
감성의 소리에 귀 기울여야 건강해진다
우리는 살면서 수없는 마음의 파동을 경험한다
고통 받고 분노하며 거칠어질 때
음악을 통해 숨 고를 수 있다면
더 많이 주지 못해 안타까운 마음으로
사랑할 수 있다면 얼마나 좋을까

화려한 레스토랑이 아니라도
어머니의 소박한 사랑의 밥상에서
모차르트의 디베트리멘토를 들으며

가족끼리 오순도순 입맛과 버무리면
세상의 어떤 식사가 부러우리

어두운 밤은 연민을 부르고
묵직한 심장의 고동 소리는
작은 떨림에서 시작되어 서로 눈빛을 맞추며
가슴에서 피어나 하나의 생명으로 태어난다

식어버린 감정이 요동치고
아름다운 선율이 창조의 세계로
인도하여 나를 춤추게 하면
온몸으로 올라오는 뜨거운 진동

내일을
지탱하는 힘이 된다

고맙습니다

하나의 빛으로 태어난 당신

나를 버리고 모두를 살리려는 사명으로

하늘에서 땅까지 믿음의 기둥을 세우고

지금은 작으나 큰 지혜로 커가는 당신

날마다 비우고 낮추어 우리를 들어 올려

세상을 사랑의 물로 채워줍니다

머리로는 끄덕이나 손발이 따로 노는 어리석음 보다

차라리 잘 알지 못하나 가슴이 앞서 가는

우직함을 실천하는 당신

잔잔한 미소와 거짓 없는 담백함이

끊임없이 용기를 솟아나게 합니다

두렵고 귀찮음은 맨 앞에서

편하고 좋은 것은 끝자리에서 받으며

깜깜한 어둠에서 밝은 빛이 익어가듯

어렵고 힘들 때 희망의 등불을 밝히며

누군가에게 어깨를 내주어 기대게 하고

같이 울어주는 따뜻한 품이 되어주어

고맙습니다.

어제를
비추어
오늘을 본다

후기

인생칠십고래희(人生七十古來稀)란 옛말이 되었다. 그렇더라도 인생 70이 그리 쉽고 간단하지 만은 아닌 것 같아 회고해 보면 경기 광주에서 태어나 서울·경기에서만 34년을 살았고, 경북 김천·상주에서 4년을, 광주·전남지역에서 32년을 지냈다.

그러니 순수한 전라도 토종이라 말할 수 없는데도 내 핏속에는 한과 멋이 서린 진도아리랑이 흐르고 육자배기 진한 흥이 있다. 그것은 아마

초등학교부터 고등학교 때까지 전라도 순천에서 몸으로 익힌 토속적인 냄새가 배인 게 아닌가 싶다.

 스무살부터 국가보훈처 9급 공무원으로 시작하여 이사관에 이르기까지 40년간 중앙부서와 지방관서를 오가며, 목포·순천 보훈지청장과 보훈처 대변인·감사담당관을 거쳐 광주지방보훈청장을 지냈고 명퇴 후 보훈공단 건설사업본부장을 끝으로 공직에서 물러났다.

 재직 중에도 틈틈이 시간을 내어 한국방송대학 행정학 학사·한양대 행정대학원 행정학 석사를 취득하였고, 목포대 사회교육원 문예창작과에서 글쓰기를 배워 문예사조 추천 시인으로 등단하였다.

 퇴직 후에는 한국전례원에서 1급 예절지도사 자격을 받아 200여 회의 혼인식을 주례했으며 , 서울시 역사학회의 문화유산해설과정을 이수, 5대 궁궐해설사로도 활동하였다. 또한 중앙박물관·민속박물관·서울역사박물관 대학과정을 이수, 한국전통문화 지도사 자격을 취득하여 문화예술인으로서 폭넓은 교양을 쌓는 행운의 기회도 얻었다.

 인생이란 매일매일 똑같은 삶을 의미있는 그림으로 만들어가는 과정이다. 내가 그리는 그림이 나에게만 의미가 있다면 그 삶은 교감이 떨어질 것이나 다른 이에게 따스함이 공감 되고 자연까지 품을 수 있다면 생의 보람은 그만큼 커질 것이다.

그래서 남은 시간 남을 위하고 나를 비우는 자원봉사 활동을 계속하기로 했다. 버킷리스트 1번은 자원봉사 1만 시간 채우기이다. 지인들과 밀접한 교류를 통하여 공연봉사단을 만들어 매주 요양병원을 찾아가 노래 부르고 춤추며, 사랑을 나누고 행복을 전하는 일이다.

그러기 위해서 나도 끊임없이 배우고 연습한다. 많이 부족하고 미숙하여 부끄러울 때도 있지만 반갑게 맞아주는 그분들 얼굴이 떠올라 가만히 있을 수 없다.

오늘도 나는 자원봉사 현장으로 발을 옮기며 "얼씨구! 좋다!" 추임새로 나를 칭찬한다.

지금 이 순간을 소중히 여기는 것, 나의 해피 앤딩이 되었으면 한다.

마음의 그림

1판 1쇄 펴낸 날 2015년 8월 1일

글 서영원 사진 혜성 발행인 김재경 기획 김성우 교정·교열 이유경 디자인 최정근
마케팅 권태형 인쇄 이펙피앤피

펴낸곳 도서출판 비움과소통 서울시 구로구 구로동로 206, 1층 전화 (02)2632-8739
팩스 0505-115-2068 이메일 buddhapia5@daum.net 트위터 @kjk5555 페이스북 ID 김성우
홈페이지 http://blog.daum.net/kudoyukjung 출판등록 2010년 6월 18일 제318-2010-000092호